LK⁷ 1634

RÉPONSE

Aux Observations de la Commune de FÉCAMP, relativement à ses prétentions sur le District & sur l'ancien Bailliage Royal de CANY.

A PARIS,

Chez la Veuve GUILLAUME, Libraire, rue Saint-Honoré, N°. 625.

1790.

RÉPONSE

Aux Observations de la Commune de FÉCAMP, relativement à ses prétentions sur le District & sur l'ancien Bailliage Royal de CANY.

Dans le nouvel ordre de choses présenté par la Constitution qui va régénérer la France & changer l'Administration publique dans toutes ses parties, une nouvelle division du Royaume devenoit nécessaire, & l'Assemblée Nationale l'a ordonnée.

En exécution de ses Décrets, la Province de *Normandie* a été divisée, par ses propres Députés, en cinq grands Départemens, qui font, *Rouen, Évreux, Alençon, Caen,* & *Coutances.*

Le Département de *Rouen* est formé de sept Districts, dont les chefs-lieux font, *Rouen, Caudebec, Montivilliers, Cany, Dieppe, Neuf-Châtel,* & *Gournay.*

Conformément aux trois principes élémentaires consacrés par l'Assemblée Nationale, ces

A 2

établiſſemens généraux & particuliers ont été reſpectivement fixés par une démarcation arrêtée, à la majorité des ſuffrages, dans une Aſſemblée générale des Députés de la Province ; c'eſt-à-dire que, dans cette diviſion de la *Normandie* en cinq Départemens, & de ſes cinq Départemens en ſept Diſtricts, MM. ſes Députés ont pris pour baſe principale de leur travail, *l'étendue du territoire, la population, & la contribution à l'impôt.*

Ils ont encore conſervé, autant qu'il leur a été poſſible de le faire, les limites de la Province, les convenances locales, les rapports commerciaux, & les habitudes relatives de ſes habitans.

Leur diviſion affermie ſur toutes ces grandes baſes, n'attendoit plus que l'approbation de l'Aſſemblée Nationale, lorſque la petite ville de *Fécamp* s'eſt crue en droit de réclamer contre cette diviſion, & de marquer ſon étonnement de voir, privativement à elle, *Montivilliers* & *Cany* déſignés dans le plan de diſtribution du Comité Provincial, *comme chefs-lieux de deux Diſtricts.*

En conſéquence, elle a envoyé deux Députés extraordinaires vers l'Aſſemblée Nationale, pour lui repréſenter l'injuſtice de la diviſion adoptée par MM. les Députés réunis de la Province, au regard de *Montivilliers* & de *Cany*, & lui demander, pour elle-même, l'établissement d'un District, par préférence à l'un & l'autre de ces chefs-lieux.

A leur arrivée, les deux *Envoyés de Fécamp* firent imprimer leur pétition en forme de Requête à MM. les Députés du Département de *Rouen*. Elle contenoit beaucoup d'injures & peu de moyens.

Le Jeudi 7 de ce mois, ils se présenterent à l'Assemblée générale de la Province, réunie alors pour examiner & arrêter définitivement le travail de ses Commissaires sur la division de ses Départemens & de ses Districts. Là, ils montrerent le titre de leur mission, & y en développerent l'objet.

Les deux Députés à l'Assemblée Nationale, qui, lors de la démarcation des Districts, avoient stipulé les intérêts de leurs Commettans dans les Bailliages de *Montivilliers* & de *Cany*, n'opposerent aux injures imprimées & aux moyens frivoles de leurs concurrens, que la carte topographique du pays, & quelques observations qui demeurerent sans réplique de leur part.

L'Assemblée, bien convaincue *que l'intérêt particulier, qui dans toutes les occasions cherche*

A 3

ſes avantages au préjudice de la choſe publique ; *n'avoit fait aucun effort pour obtenir que deux Diſtrict fuſſent établis à Montivilliers & à Cany,* & qu'au contraire ces deux établiſſemens y devenoient néceſſaires, à raiſon de leur ſituation, des convenances locales, & des relations qu'y avoient les bourgs & paroiſſes qui forment le territoire de leurs Bailliages reſpectifs, l'Aſſemblée jugea que la réclamation de la ville de *Fécamp* n'étoit ni recevable ni fondée, & que les deux Diſtricts dont il s'agit, demeureroient à *Montivilliers* & à *Cany*, avec tout le territoire que leur aſſignoit la ligne de leur démarcation reſpective, dans le plan de diviſion arrêté par MM. les Députés du Département de *Rouen*.

Les deux *Envoyés de Fécamp* n'ont point reſpecté cette déciſion. Ils en ont appelé à l'Aſſemblée Nationale.

Une deuxieme feuille imprimée, intitulée *Mémoire par addition*, préſente leurs *griefs*; & une troiſieme, portant pour titre, *troiſieme Obſervation*, n'eſt guere qu'une nouvelle édition des deux premieres. Mêmes injures, mêmes moyens.

Des injures..... pour l'honneur de leur ville, il faut croire qu'ils font ſans miſſion, pour en dire.... Des moyens.... ils n'en ont pas un feul qui juftifie la réclamation de leurs Commettans. C'eft ce qu'on fe propofe de démontrer dans ce Mémoire, au nom de la Commune de *Cany* feulement, celle de *Montivilliers* devant être défendue par fon honorable Repréfentant à l'Affemblée Nationale.

Fécamp eft une ville. Sa population eft de 10000 *habitans. Son port eft un des plus commodes de la Manche. Son commerce eft confidérable. Il eft jufte enfin qu'elle obtienne, par l'établiffement d'un Diftrict & d'un Siége Royal, le dédommagement qui lui eft dû d'une Juftice Seigneuriale qu'elle va perdre, & de fa privation prochaine d'une riche abbaye que les Décrets de l'Affemblée vont fupprimer.*

Cany n'eft qu'une bourgade, peuplée de douze cents habitans au plus. Il n'a point de commerce. Sa pofition n'eft rien moins que centrale, puifque fa diftance à la mer n'eft que d'une lieue. S'il eft le chef-lieu d'un Bailliage Royal, il doit cet avantage à ces vieilles & gothiques divifions que le hafard avoit formées, & que l'Affemblée Nationale ne confirmeroit qu'au grand étonnement de nos Provinces. En un mot, fi le Député qui a réclamé pour cette bourgade l'honneur & l'avantage d'un Diftrict, au grand préjudice de Fécamp, n'a pas été plus jufte envers cette ville, c'eft

A 4

u'il a été féduit par le défir de fe rendre utile au lieu qu'il habite, & de recevoir les remercîmens de fes Concitoyens.

C'eft fur ce faftueux & vain étalage, de commerce & de population, que les Envoyés de *Fécamp* fondent tout l'intérêt de leur-ville; c'eft en déprifant *Cany*, c'eft en diffimulant l'importance de fa pofition, fes avantages locaux, fes rapports néceffaires avec les bourgs, paroiffes ou Communautés qui l'environnent, & au centre defquels l'a placé la Nature; c'eft en le repréfentant comme une *chétive bourgade*, comme une localité ifolée, comme un point prefque imperceptible fur la carte du pays, qu'ils cherchent à lui enlever fon Diftrict avec fon Bailliage, à s'enrichir de fa dépouille, & à fe dédommager, par cette conquête, de la privation de leur Juftice Seigneuriale. C'eft ainfi que l'ambition d'une petite ville veut facrifier l'intérêt général à fon intérêt particulier.

Fécamp, quoi qu'en difent fes *Envoyés*, n'eft rien moins que deftiné, par fa pofition, à l'établiffement d'aucune grande Adminiftration. Cette ville, fituée fur le bord de la mer, à l'extrémité, *nord-oueft*, du Pays de *Caux*, n'offre qu'un des petits ports de la Manche, feulement fréquenté par des *bateaux-pêcheurs* & quelques navires qui

font ce qu'on appelle vulgairement le *cabotage.*
Quelques Contrebandiers Anglois viennent encore
s'y approvifionner de *thé* qu'une feule maifon
de la ville leur fournit. Voilà fon unique commerce maritime.

Sa population eft nombreufe, on l'avoue,
fans reconnoître cependant qu'elle atteigne dix
mille habitans ; lui en accorder fix ou fept au
plus, c'eft la peupler affez raifonnablement. Mais
eût-elle, comme on le veut, dix mille citoyens
dans fon fein, il faut que fes *Envoyés* convien-
nent que le quart de cette population ne feroit
pas une richeffe pour *Fécamp*, puifque ce quart
eft formé d'habitans pauvres, & réduits à la
mendicité, en petit nombre originaires de la
ville, &, en majeure partie, attirés dans fon
fein, des villages voifins, par l'efpoir d'y trouver
leur pain à la porte d'un riche Monaftere qui le
leur diftribue généreufement chaque jour de la
femaine.

Sa Juftice feigneuriale, formée au dedans du
territoire de la ville, & au dehors de quelques
villages ifolés, n'y appelle pas une grande foule
d'étrangers. La majeure partie des affaires qui s'y
traitent, ne doivent concerner que les habitans de la
cité ; & dans ce cas, fes Marchands, fes Traiteurs,
fes Hôteliers doivent être fort indifférens à la fup-

preſſion d'un Tribunal qui les intéreſſe auſſi peu. Leurs relations avec les conſommateurs du voiſinage, qui viennent s'approviſionner chez eux, ou à leur marché, font tout ce qu'il leur importe de conſerver, & on ne les leur ôte pas.

Par rapport au riche Monaſtere, pour l'exiſtence duquel *Fécamp* ſemble craindre, on avoue qu'il fait toute la décoration de cette ville, & [que ſes Religieux y poſſedent un immenſe revenu. Mais ils en partagent la moitié avec leur Abbé Commendataire, qui n'y réſide pas, & la portion qui leur reſte, après les charges acquittées, n'eſt pas toute un objet de conſommation locale. Au ſurplus, l'Aſſemblée Nationale n'a proſcrit encore aucun Ordre Religieux. S'il eſt de ſa ſageſſe d'en ſupprimer pluſieurs, elle ſaura diſtinguer ceux qu'il importe de conſerver, & l'Ordre des *Bénédictins*, en éprouvant peut-être quelque changement, ou quelque réforme dans ſon régime, ne ſubſiſtera pas moins pour le bien de l'Etat. La Religion, les mœurs, les Sciences & les Arts réclament en faveur de ſon exiſtence, tout dépoſe de ce vœu unanime, & la choſe publique tient trop à ſa conſervation, pour que l'auguſte Aſſemblée des Repréſentans de la Nation le confondent avec ces Ordres paraſites établis par la pieuſe crédulité de nos peres, & dont

toute une génération plus éclairée reconnoît l'i-
nutilité , & follicite la profcription.

Si enfin , dans la fageffe de fes vûes , l'Affemblée Nationale fupprimoit quelques Monafteres
de *Bénédictins* , il en eft fans doute qu'elle
conferveroit , pour en former des établiffemens
d'éducation publique , fi néceffaires dans les Provinces , & fi rares dans le pays de *Caux*. L'Abbaye
de *Fécamp* attacheroit fans doute fes regards. La
richeffe de fes revenus , l'immenfité de fes bâti-
mens femblent y appeler des Inftituteurs pour la
jeuneffe du canton ; & il n'eft point de Citoyen
Cauchois qui ne manifeftât le vœu de fon
cœur , pour une agrégation auffi utile , auffi
évidemment néceffaire.

A tout événement , fi l'Abbaye de *Fécamp* eft
fupprimée , ce fera fans doute pour cette petite
ville , la plus grande de fes pertes ; mais il n'eft
pas dans les regles d'une bonne logique de con-
clure , ni dans celles de la juftice diftributive
de demander que le bourg de *Cany*, auquel cette
fuppreffion ne donneroit rien , lui cede , par forme
de dédommagement , & le Diftrict que le fuffrage unanime de fa Province lui défere , & le
Bailliage Royal qu'il poffede depuis près de fix
fiecles.

Cany eft , fans contredit , un des gros bourgs

du Pays de *Caux*. Sa population eſt de près de deux mille habitans. Sa poſition céntrale , par rapport aux autres bourgs & paroiſſes qui l'environnent , la facilité de ſes communications , l'abondance de ſes marchés & de ſes halles en ont fait un lieu d'entrepôt où arrivent , le Lundi de chaque femaine , toutes les productions , tous les Comeſtibles du pays , pour ſervir à l'approviſionnement commun des habitans de la contrée.

Outre les filatures , les grains & les denrées de premiere néceſſité qui s'y vendent , il s'y fait , excluſivement à tout autre marché des environs , le commerce des toiles , vulgairement appelées *Réformes & Ballots ;* marchandiſes qui s'exportent dans la capitale de la Province , & de-là dans celle du Royaume , pour la fabrique des toiles cirées , & les tentures en papier , qui , ſubſtituées , par un luxe économique , à la richeſſe des lambris , décorent aujourd'hui l'intérieur de preſque toutes les habitations pariſiennes. Mille pieces de ces toiles ſont apportées & vendues à *Cany* , chaque jour de marché , par l'Artiſan qui les tiſſe. Là il trouve la filature qui lui eſt néceſſaire pour la fabrique d'une nouvelle piece , & retourne le même jour , avec la certitude d'y faire la même vente & le même achat de matiere premiere , le Lundi de la femaine ſuivante.

Cany est situé dans une vallée agréable, arrosée par une assez forte riviere appelée *la Durdent*, accessible de *l'est* & de *l'ouest*, par la grande route de *Dieppe*, au *Havre* ; du *midi* & du *nord*, par des chemins de traverse dont l'entretien est toujours surveillé pour la facilité des communications.

Sa distance du *Havre* est de treize lieues communes, de vingt-cinq au degré ; de *Monti-villiers*, de dix ; de *Fécamp*, de quatre & demie ; de *S. Valery*, de deux ; de *Dieppe*, de sept & demie ; d'*Yvetot*, de cinq ; & de *Caudebec*, de sept. La *Durdent*, depuis *Cany* jusqu'à son embouchure, arrose encore deux grandes lieues de la même vallée, & se perd ensuite dans la Manche qui est la limite septentrionale du pays.

Cette position heureuse du bourg de *Cany* lui procura, exclusivement aux petites ville qui l'avoisinent, l'honneur d'un Siége Royal, lors du démembrement des grands Bailliages de la Province ; &, quoi qu'en disent ses jaloux concurrens, *il ne dut point cet avantage au hasard.* L'établissement de son Siége, pour être de la plus haute antiquité, n'a rien d'un établissement *gothique.* Il étoit marqué par la Nature. La sagesse de celui de nos Souverains qui en constitua

le reffort, en pofa les limites occidentales aux
portes mêmes de la petite ville de *Fécamp*; & fon
exiftence affermie par la révolution de fix fiecles,
pour l'avantage des peuples qui habitent fon territoire, eft vainement attaquée par les efforts
impuiffans de cette ambitieufe rivale (1).

A toutes les vaines allégations de fes deux Envoyés, la carte *topographique* du pays oppofe
l'évidence des faits. Elle ifole la ville de *Fécamp*
à l'extrémité d'une vallée très-étroite, & domi-
née par des montagnes efcarpées, au fommet
defquelles il faut arriver pour découvrir fes clo-
chers. Elle la montre, en un mot, comme un
point perdu dans l'extrémité d'un rayon. Elle
place, au contraire, le bourg de *Cany* à deux
grandes lieues en deçà de la mer, vers le midi
de la contrée, & au centre des autres bourgs &
paroiffes qui forment le reffort de fon Bailliage.

----

(1) Le prétoire & les prifons de ce Bailliage ont été
reconftruits à neuf, en 1782, aux frais des propriétaires
& poffédans fonds, qui en fent Jufticiables. Ils en ont
tous fupporté proportionnellement la dépenfe, montant
à près de cinquante mille livres, en exécution d'un Arrêt
du Confeil du 27 Octobre de l'année précédente. Il feroit
fans doute bien injufte qu'on leur en fît perdre tout le
fruit, pour favorifer l'ambition d'une petite ville, où ils
n'ont, pour la plupart, aucune forte de relation.

Elle démontre que fa pofition eft telle, que tout le pays, à trois ou quatre lieues de diftance, eft comme forcé d'entretenir avec lui des relations habituelles de commerce & d'affaires ; elle prouve enfin que dans le nouveau fyftême de divifion territoriale du pays, il eft auffi évidemment néceffaire pour l'intérêt des Communautés qui l'environnent, d'y établir un Diftrict, que d'y conferver, pour le bien & la commodité de fes anciens Jufticiables, le Tribunal qu'il poffede depuis tant de fiecles.

Toutes ces vérités démontrées, & l'intention bien connue dans laquelle eft l'Affemblée Nationale de procurer par-tout l'avantage d'une Adminiftration toujours agiffante & toujours efficace, ont déterminé MM. les Députés du Département de *Rouen* à établir un de leurs Diftricts à *Cany*. Les mêmes confidérations les ont portés à lui affigner, pour fon Adminiftration, non feulement les bourgs & paroiffes qui conftituent le reffort actuel de fon Bailliage, mais encore tout le territoire de plufieurs autres Communautés qui ont, jufqu'aujourd'hui, appartenu aux Bailliages de *Dieppe, Caudebec* & *Montivilliers,* parce que leur éloignement de ces villes rendoit leur réunion néceffaire au Diftrict qu'il s'agiffoit de former ; & tel eft, en effet, l'heureux enfemble de cette réunion , que le chef-lieu du Diftrict fe trouve au centre de toutes les Communautés qu'il doit adminiftrer , & que fa diftance , de la plus éloignée , eft de quatre lieues & démie au plus. Il n'étoit donc pas poffible à MM. les Députés du Département , d'opérer d'une maniere plus fage & plus conforme aux vûes de l'Affemblée Nationale , ni de faire une partition qui fatisfît mieux tous les intérêts , & qui conciliât plus heureufement les confidérations politiques avec les démarcations indiquées par la Nature. Leur combinaifon, au regard du Diftrict de *Cany*, a encore cela de particulier , qu'elle réunit des Cantons qui ont toujours eu des rapports entre eux , & qu'elle entretient ainfi les anciennes communications & les habitudes locales , plus néceffaires qu'on ne le penfe à la profpérité des Provinces.

Plus occupée de fon intérêt particulier , que du bien général , la petite ville de *Fécamp* s'eft permis de réclamer contre cette divifion , & d'en propofer une nouvelle qui , fi elle avoit été adoptée, auroit détruit néceffairement tous les rapports moraux, politiques & phyfiques, qui ont fervi de bafe à l'opération de MM. les Députés du Département.

Les deux *Envoyés* de *Fécamp* , admis le 7 de ce mois à l'Affemblée générale de MM. les
Députés

Députés de la Province, y ont préfenté leur plan.
Ce n'étoit qu'un projet de démarcation, qui indiquoit uniquement le territoire dont ils vouloient fe former un Diftrict. La divifion des autres
leur étoit indifférente, & fur cela ils n'ont pas
même diffimulé leur infouciance. On leur a démontré tout le défavantage de la fituation de leur
ville, l'incohérence & l'injuftice de leur plan,
au regard des autres Diftricts, & l'impoffibilité
de l'admettre fous aucun de fes rapports, parce
qu'il détruifoit les grandes bafes fur lefquelles
repofoit toute la fection intérieure du Département.

Pénétrée de ces vérités, établies par une difcuffion de trois quarts-d'heure, & par les renfeignemens que lui donnoit la carte géométrique du
pays, l'Affemblée de MM. les Députés de la
Province entiere a profcrit la pétition de la ville
de *Fécamp*, & ftatué que les deux Diftricts de
Montivilliers & de *Cany* demeureroient tels qu'ils
avoient été fixés.

D'après cette décifion, précédée de la difcuffion
contradictoire des Parties, on aura fans doute
peine à croire que les deux *Envoyés de Fécamp*
fe foient permis de dire que *l'on avoit fubftitué
de petites vûes particulieres à des confidérations
générales, & que l'Affemblée, fans examiner leurs
raifons, avoit confirmé la divifion arrêtée.* C'eft

B

ce qu'on lit cependant dans leurs derniers Mé-
moires, pages 2.

Nous l'avons dit ; au défaut de moyens, on
nous prodigué des injures. L'ambition raifonne
peu avec ceux qu'elle voudroit dominer. Elle exige,
elle outrage. Voilà fa marche. Méthode auffi lâche
que vaine ! Malheureufement nos concurrens n'en
ont point encore fuivi d'autre, & c'eft à cette
unique reffource qu'ils font réduits. Unique ? Non.
En voici une autre dont ils fe propofent de tirer
un grand parti, & fur laquelle ils fondent fans
doute leur derniere efpérance.

Les habitans de *Fécamp* comptant peu fur le
fuccès de leur réclamation, tant qu'elle n'auroit
pour objet que l'intérêt particulier de leur ville,
ont cherché à perfuader à plufieurs des Municipalités qui l'avoifinent, qu'il leur importoit également que l'Adminiftration dont elles devoient
dépendre, & que le nouveau Tribunal où elles
iroient dorénavant plaider, fuffent établis à *Fécamp*.
En conféquence, ils ont dreffé le modele d'une
délibération pour chacune de ces Municipalités,
& le leur ont envoyé par le Greffier de la ville,
qu'ils ont chargé de n'épargner ni foins, ni démar-
ches, ni repréfentations pour leur procurer des
adhérens & des fignataires. Les inftances du *Meffa-
ger-porte-plume* n'ont pas réuffi par-tout. Plufieurs
paroiffes des Bailliages de *Montivilliers* & de

Cany s'y font refufées ; mais il en eft quelques-
unes qui , fans doute alliciées par des promeffes
féduifantes , ou fubjuguées par l'afcendant du
Miffionnaire , ou naturellement portées , à raifon
de leur proximité avec *Fécamp* , à y défirer l'établiffement d'un Diftrict & d'une Jurifdiction dé-
formais permanente , ont adhéré à la délibération qui leur a été préfentée.

Forte de cette coalition , la Commune de
Fécamp s'eft flattée qu'une nouvelle réclamation
auprès de l'Affemblée Nationale , auroit plus de
fuccès que celle qu'elle a fait porter au Comité
particulier de MM. les Députés de la Province ;
en conféquence , elle a expreffément recommandé
à fes Envoyés de fe prévaloir d'une adhéfion qui
n'eft que le fruit de l'intrigue , & de s'en faire
un titre oftenfible , qui femble annoncer que fes
intérêts ne font rien moins qu'ifolés ; qu'elle
ftipule également ceux d'une grande localité , &
que fon vœu particulier eft en même temps celui de
toutes les Communautés qu'elle fuppofe repréfen-
tées par les individus defquels elle a mendié la figna-
ture.

Une telle manœuvre (1) prouve affez que les

---

(1) On a fait plus encore que tout cela dans *Fécamp*.
Quelques mécontens de la fuppreffion prochaine de leur
Juftice Seigneuriale , voulant abfolument dépouiller *Cany*

B 2

habitans de *Fécamp* comptent bien peu fur leurs propres forces, & qu'ils n'ont plus d'efpoir que dans la complaifance auxiliaire de leurs voifins, Efpérance auffi vaine que leur réclamation.

Avant de faire connoître fa volonté fuprême fur la fixation des chefs-lieux de Diftricts, l'Affemblée Nationale n'interrogera pas l'intérêt particulier des localités concurrentes, mais le vœu général de chaque Département, exprimé, en faveur de telle ou telle localité, par les fuffrages réunis de ceux que la Nation a conftitués fes vrais Repréfentans.

---

de fon Bailliage, cherchent à en faire hoftilement la conquête. L'annonce d'une infurrection de leur ville, contre les paifibles habitans de *Cany*, & des menaces perfonnelles à celui de MM. les Députés à l'Affemblée Nationale, qui en défend les intérêts, leur ont paru être l'expédient le plus propre à feconder leurs vûes. En conféquence, ils ont tenté d'animer le Peuple de *Fécamp*, & d'effrayer celui de *Cany*, par des affiches incendiaires qu'ils ont répandues dans leur ville, & dont voici le contenu. . . .

AU LECTEUR.

Le Roi doit la juftice à fes Sujets ; les Sujets fe doivent au Roi. Point de Juftice dans Fécamp, point d'Impôt pour le Roi ; guerre ouverte ; Cany en cendres, & Cherfils à la lanterne.

De pareilles menaces font fans doute méprifables; mais elles caractérifent les Infurgens de *Fécamp*.

MM. les Députés du Département de *Rouen*
ont chacun stipûlé les intérêts de leurs Commettans, en fixant le nombre des Diftricts de
ce Département, en traçant leurs limites refpec-
tives, & en défignant leurs chefs-lieux. Le bourg
de *Cany* en eft un, non pas pour lui - même,
mais pour l'intérêt général de cent trente - cinq
bourgs & Paroifses, au centre defquels l'a placé
la Nature, & qui doivent former fon territoire.
L'Afsemblée Nationale ne verra, dans cet établifsement, que l'heureufe combinaifon de tous
les principes élémentaires qu'elle-même a con-
facrés fur la divifion territoriale des Provinces,
en grandes & petites Adminiftrations. Elle re-
poufsera donc les efforts d'une petite ville ifolée, & que fa pofition aux frontieres maritimes
du pays, éloigne vifiblement des Communautés
qu'elle ambitionne d'adminiftrer, pour maintenir
un établifsement commandé par la Nature, &
que le vœu général des Députés de la Province
entiere lui préfente comme abfolument nécefsaire
fous tous les rapports pofsibles.

Sa fagefse ne balancera certainement pas entre
le vœu particulier d'une petite ville, exprimé par
l'organe de deux individus qui ne repréfentent
qu'elle, & le vœu général de tout un pays,
nous dirons même de toute une Province, ma-
nifefté par le fuffrage unanime de fes Députés

à l'Assemblée Nationale, & consigné dans un procès-verbal qui lui sera mis sous les yeux par son Comité de Constitution.

. Depuis la décision du Comité Provincial, les deux *Envoyés de Fécamp* ont demandé à partager, alternativement avec *Cany*, l'administration de son District. Cette demande, quoique moins injuste que la premiere qui embrassoit l'administration du District & l'exercice de la Jurisdiction, n'a pas été plus favorablement accueillie.

Elle choquoit les convenances générales, & contrarioit les principes élémentaires de la division adoptée par le Département.

1°. *Fécamp* n'est pas du District de *Cany* : ses rapports commerciaux, ou ses habitudes avec *Montivilliers* dont il a toujours été justiciable, l'ont conservé au District de cette ville.

2°. Sa situation est telle, que, se trouvant à l'extrémité occidentale du District de *Cany*, l'administration de ce District, lorsqu'elle seroit active à *Fécamp*, cesseroit d'être au centre de la population & du territoire.

3°. Eloignée de plus de neuf lieues des extrémités orientales du District, elle auroit, sous ce rapport, le rayon d'un Département, trop prolongé par conséquent, pour que l'influence de l'administration se fît sentir également dans tous les points de ce rayon.

4°. En fuppofant que l'Affemblée Nationale fe portât à divifer ou à partager les établiffemens entre quelques localités concurrentes, la ville de·*Fécamp* pourroit-elle raifonnablement prétendre à cette divifion, à ce partage même alternatif, exclufivement à la ville de *St-Valery*, où prefque. tous les lieux du Diftrict ont des relations habituelles, à caufe du commerce de la pêche qui s'y fait, & qui, après *Cany*, eft dans une pofition beaucoup plus centrale que *Fécamp*? Non fans doute; & dans l'hypothefe, le Député chargé de ftipuler auprès de l'Affemblée Nationale, les intérêts des jufticiables du Bailliage de. *Cany*, fes Commettans, réclameroit, en faveur de *St-Valery*, qui en eft une dépendance, la tranflation du Diftrict dans cette ville, &, à cet égard, il n'exprimeroit jamais que le vœu général des habitans d'une grande contrée.

Mais c'eft trop s'arrêter fans doute à une prétention qui ne peut avoir eu qu'un moment d'exiftence, & il eft temps de terminer ce Mémoire.

Fécamp, par fa pofition, n'eft rien moins que deftiné à adminiftrer la moindre étendue de pays; &, fur ce point, fes réclamations doivent céder aux raifons majeures qui viennent d'être développées. *Granville, Honfleur* & *le Havre*, villes maritimes bien plus imporrantes, à raifon, foit de leur commerce, foit de leur population, que celle de *Fécamp*, mais fituées, comme elle, hors du centre des communications, n'ont pas pu obtenir l'adminiftration dont elles vont refpectivement dépendre ; & *Fécamp*, la petite ville de *Fécamp* prétendroit aux honneurs de la préférence, fur une localité en faveur de laquelle réclament la nature, les convenances & les plus grands intérêts ? Quelle illufion !

Cette ville ne doit pas croire que l'Affemblée Nationale s'écarte, pour elle, de l'efprit & du texte de fes Décrets, c'eft-à-dire qu'elle ifole ou qu'elle éloigne le chef-lieu d'une Adminiftration, des perfonnes, des chofes & des propriétés qui doivent en être l'objet. Il faut que *Fécamp* fe perfuade au contraire qu'elle n'approuvera que le plan de divifion, dû aux fages combinaifons & à l'examen réfléchi de MM. les Députés du Département de *Rouen*, & qu'elle maintiendra par conféquent le bourg de *Cany*, chef-lieu du Diftrict qui lui eft deftiné.

CHERFILS, Député du Bailliage de Caux, & Procureur du Roi au Bailliage de *Cany*.

Ce 20 Janvier 1790.

De l'Imprimerie de MOUTARD, rue des Mathurins.